KB198880

낯선 책꽂이에 앉아도 될까요

작가마을 시인선 70

낯선 책꽂이에 앉아도 될까요

© 2024 이효순

초판인쇄 | 2024년 11월 15일
초판발행 | 2024년 11월 20일

지 은 이 | 이효순
펴 낸 이 | 배재경
펴 낸 곳 | 도서출판 작가마을
등   록 | 제 2002-000012호
주   소 | 부산광역시 중구 대청로141번길 3, 501호(중앙동, 다온빌딩)
         T. 051)248-4145, 2598 F. 051)248-0723 E. seepoet@hanmail.net

ISBN 979-11-5606-271-4 03810 정가 11,000원

※ 본 도서는 2024년 부산광역시, 부산문화재단 '부산문화예술지원사업'으로 지원을 받았습니다.

작가마을 시인선 70

낯선 책꽂이에 앉아도 될까요

이효순 시집

도서출판
작가마을

배춧값이 금값으로 오른 올해!
배추애벌레 새벽부터 나무젓가락으로 하나씩 잡는
집게 손을 피해 동그랗게 몸을 말아 하얀 집을 지었다

배춧속 빈껍데기 남기며 배추흰나비로 눈 뜬 날
창공에는 별똥별이 떨어지고 첫 손녀가 태어났다

별똥별 쥐 가고 배추흰나비로 태어난 나의 시들!
자신을 지키며 당당하게 자라도록 기억에 없는
넉살을 부려본다

'낯선 책꽂이에 앉아도 될까요!'

2024년 가을
이효순

작
가
마
을
시
인
선
⑦⓪

제2부

제3부

제4부

작가마을
시인선
070

——

낯선 책꽂이에 앉아도 될까요

이효순

제
1
부

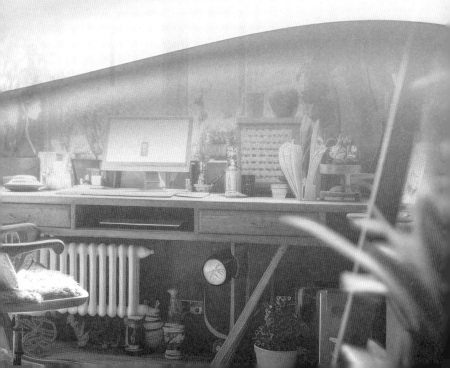

동굴 속 별똥별

별똥별 하나 빛을 낸다

초원을 내달아 온 집
물방울 소리가 뚜렷하다
꽃으로 환한 방
빛이 오는 곳으로 머리를 두고
가슴은 파도 소리를 듣는다
겨드랑이에 아직 날개가 없다
눈이 일어설 때까지

네 첫걸음은
빛이 오는 하늘이다

꽃, 껍질을 벗다

정골 못에 물이 찬다
꽃샘 비바람에 개나리 가지마다
꽃망울이 숨바꼭질한다

그 여자, 쓰레기통 뚜껑 못 봤느냐고 묻는다
그 남자, 밭두렁 어디인가 날아가 있을 거라고 찾지 말란다

목이 긴 밭에서
전지가위 못 봤느냐고
쑥 캐는 여자보고 소리 보낸다
어느 나뭇가지 위에서 쉬고 있을 거라고
오고 가다 보면 보일 거라고 되받는 숨소리가
마른 솔가지에 걸린다

왕벚나무 그늘
주머니 속 꽃 감추며
술래 걸음 하던 개나리
그 남자 그 여자 껍질 벗는 소리에
화들짝 꽃망울 터뜨린다

상견례

민들레 꽃 핀다고
이웃집 장닭이 뒷산까지 울렸다
장끼 짝 부르는 소리
라일락 가지 흔든다
작은 박새들 색에 빠져 웃는
농부 보고
덩달아 온 누리 앞섶을 연다

마주 보며 눈 맞추는 얼굴
하얀 노랑 꽃 핀 자리
구만리 햇살이 촉촉하다
동심원 돌기에 바쁜
야윈 달로 떠돈 사지가
그늘진 자리를 벗는다

화전리 밭
낯선 곳에서
하늘 아래 빈자리로
꽃들이 가족 맞이 방석을 깐다

툰드라 눈발 속

툰드라에서 해녀가 되리라

바다표범이 관객으로 남아
침묵이 두렵지 않으리라

블리자드가 휘몰아치는
풍선 올리는 바람에 내 가슴도 뜨거워
착각하는 사이 세 치 혀에 고달픈 심장은
앵무새가 되는 걸음마다 늘인 그림자

종착역 선고에 길을 떠난다
눈빛 나누지 않는 입술은 닫는다
귀가 없는 곳
마른 참나무 가지에 아궁이가 속내 보이는 곳
이정표 없는 눈보라 속 심장이 뛴다

툰드라 빙상 속 물질하는 간이역에서
늙은 해녀와 눈 맞추는 물결로 가슴은 타리라

방패연

느릅나무 그늘 깊은 언덕 위에서
방패연을 날리는 아가야
풀숲 바람에 발끝이
바다 위 구름에 매달려 있구나

연줄 감은 얼레가 연살 힘에 부치는지
뒷짐 진 두 팔은 수평선 너머 떠날 집시
바람 맞서 싸울 길을 잃는구나

널 주인공 삼을 손은
연살에 파랑새 음표를 달고
구름 뚫는 독수리를 그린다
몽골 울란바토르를 지나는 거친 바람은
새근거리는 바다 위 날개가 되리라

얼레 감긴 연줄 못 푸는 아가야
하늘에 연을 띄우자
바람 곡예 즐기는 오색 방패연
파도 타는 춤으로 구름 꽃을 먹자

왕거미

남으로 내려가는 중앙 고속도로 위
사월 초파일 등을 달고 졸고 있는
단청 지붕이 흔들린다

백골 흔적에 왕거미 살았을까
거미줄에 얼씬 못하는 걸음이 고요하다

갈참나무 한 그루
피를 걸러내고 높은 담벼락 너머
꽃밭 길 넘보다
삼도천을 건넌다

잎사귀마다 멍 자국들
타는 목마름으로*

전생에 감긴 왕거미 줄 벗는다

*타는 목마름으로: 2022년 5월 8일 타계한 '김지하' 시인의 시집

아주 작은 바람

바람을 피웠을까
새끼는 낳지 않고
탯줄 흔적만 키웠다

바닥까지 훑어도 될성부른 새끼가 없다

빗방울에 오금 저린 잎사귀
치마폭 지붕으로 펼치니
소낙비도 높은 고랑 허물지 못한다
푸른 함성에 더 간절한 새끼 붉은 얼굴

가을비에 젖은 비설거지로
불은 배를 들춰 본다
바람피우다 들킨 듯 푸르게 웃는 잎

반란하는 고구마
잔바람 목에 감으며
무지개 빛살만 굴린다

지나가는 바람기를 즐긴다

닫힌 문

다가선 시베리아 냉기에
배추 포기를 안는다
주름진 이마 앞에서 열두 폭
치마가 손끝을 내뺀다
엄동에 모자를 씌우려는 조막손
알찬 속 엉덩이를 다독인다

화학 공장 염료에 찌든 남편은 씨를 버렸다
봉래산 삼년 기도가 물거품인
시어머니 치마폭에 담기는 가슴은 늘 살얼음
일곱 해 자식 없어 사랑 잃은 몸이
배추 포기로 숨길을 연다

청천강 강물에 머리 풀고
진종일 말린 바람 심은
모종이 삼 세 번에 겨우 얼굴을 보인다
여름 끝 입동에서야
걸음마를 배우는 시험관 아기
지구 온난화를 탓했다

홀어미 가슴 여는 배추 어린 살내음

샛노란 눈망울이 식탁을 들썩인다
고추 당초 버무린 김장에 맞잡은 두 손
잠겼던 웃음소리 풀어낸다

배춧속 익은 가슴이 열린다

화려한 외출

다단계 판매왕
그 눈 쉬고 싶다
왕좌에 오르기 위해 끌어당긴
핏줄들이 허덕이다 손을 놓는다

팔아주지 않으면 못 일어난다고
좋은 물건이니 믿고 사라는 물건들마다
높은 모자를 썼다
쌓인 실적에 왕관이 빛난다

귀 어두운 구순 노모 팔 걷어
형제 부르고 일흔 형아도
다단계 피해 눈 감으며 입을 묶는다

신혼살림 때부터 끌려가던
막내아들 얇은 귀
핏줄 고객으로 인정받는 판매왕

호랑이 아내 생떼에 호걸 진 길이
호시절 물건팔이 여행을 간다

은목서

금목서 그늘에 가린 선물
숨은 체취가 별로 뜬다

천리향이 끌어가는 분내
꽃무리 걸음마다 황금빛이다
곁에 핀 하얀 별무리
향기가 있을까
싸락눈 꽃향기 이름이 낯설다

동행한 초목들이 맨발로
홀로 서 보라기에 쏟아지는 환상에 젖어
저잣거리 자취를 버린다

껴안지 못한 인연들이 그리워지는 밤
침상에 끌어온 네 향기
밤을 뒤척이는 독백을 마주한다

홍메밀 꽃밭에서

붉은 메밀꽃이 파도를 친다
콩꼬투리 잡던 손이 흘기던 눈
추슬러 하늘 한 번 수줍게 본다
호미 든 손도 분홍빛 꽃망울로 감춘 눈썹
동강에 흘려 보낸다
처음 사랑이 나비가 된다

어라연 물 푸른 숲에 젖어
구슬픈 정선아리랑에 앉은 걸음
주모 검버섯 핀 얼굴 너머 숨겨온 그늘은
강을 넓히고 낡은 시간마다
콩 줄기 가슴을 노랗게 태웠다
하얀 메밀밭 꽃들이 분홍빛 사랑을 감췄다

새 옷을 입고 나선 붉은 메밀밭
사진기 앞에 선 여고생 교복은
남학생 교복 품에 안기란다
검푸른 동강 물줄기가 세찬 장막을 친다

선비 길에 올랐던 청운의 꿈
두고두고 밥상머리 오르던 때

서산에 뜬구름 보는 날 되니
메밀꽃 붉은 시간들이 몸을 일으킨다

그늘 열매

늙은 포구나무 그늘이 짙다
농막 벽에 붙은 매미 허물
산복도로 그늘 열매로 매달렸다

넓은 잎 사이사이 모여 있는
굽은 속울음은 쓰나미를 부른다
몸 한 채 지었다가 허무는
젊은 노을
찬란한 낙하가 남기는
매미 가족 서러운 절창
온몸으로 울다가
온몸으로 비워가는 사랑이다

초파리 하루살이 꿈을 깨운다

포구나무 늙은 그늘
농막 벽에 붙은 간이역마다
시린 걸음이 휴가를 마신다

초침을 먹다

부추꽃 꽃대가 푸르다
꽃송이마다 씨가 무겁다고
하얀 어깨가 출렁거린다

정구지 부침개로 막걸리 한 사발 한 날
핸드폰과 춤추는 젊은 경비원에게
잔소리를 좀 했더니 갑질한다고
입주민 대표 목을 날리겠단다

아내는 부추나물이 너무 세서
십년 만에 장만한 아파트
인심 잃게 됐다고
무른 정구지 내음 소리 퍼붓는다

목숨 걸린 밥줄에
버려진 공터에서 내 편이 없다고
생가슴 파닥이며 살던 날
창백한 부추꽃이 눈에 띤다

어성초 침범에
초침으로 사는 부추잎
염천 이긴 가을 햇살로 버티란다

사진 속으로

산복도로 구부러진 골목길
낭떠러지에 매달린 가슴
그늘진 길을 본다

영도 봉래산 자락
피란으로 모인 얼굴들
목줄 감은 거미줄 거둘 기회는 투전뿐
아바타*로 세운 광기 번뜩이는
도사견 혓바닥이 달빛 아래 퍼렇다

회색 늑대도 물고 늘어지는
폐병 든 악바리
핏물로 감긴 분신 같은
몸부림을 보면
흐느적이던 심장에 피가 돌고
막혔던 숨통이 트인다

산복도로 미궁으로 남은 골목길
사진 속 계단식 집 찾은 걸음

돌팍에 반점으로 앉아 눈동자 굴리던

어린 왕자가 궁금하다

* 아바타: 온라인에서 개인을 대신하는 캐릭터(소설이나 연극, 만화 등의 작품
　　 속에 등장하는 인물)

나를 찾아서

밤하늘 어둠 속
소나무에 걸린 달이 웃는다
거운리 달맞이꽃 무리
노른자위 먹은 옷섶이 환하다

머리채 풀고 꺼질세라
접산 바라보던 나날
산마루에 떠오르는 초승달 차지 않아
저녁나절 입이 마르다

산기슭에 자리 잡은 황토 지붕
고라니 울음 감추고
그믐에 하늘 덮은 구름
거운리 뜨락 숨죽인다
접산 잣나무 등 두드리는 딱따구리
천지를 깨우며 털고사리가 소식을 전한다

달맞이꽃 만개한 거운리 뜨락
보름달이 이끼 낀 목조 지붕에 앉는다

월식月蝕
 － 코로나19 그 후

검은 그림자로 발자국 숨긴 달

복숭아나무 아래 맥문동
이슬 맺힌 잎새에 들킨다

가까이 갈 수 없는
그늘 속 달무리
미세먼지로 앉은 잡풀 속에서도
연둣빛 걸음마 지킨 속삭임
몰래 나누던 입술이 붉다

숨은 맥박 손끝에 잡고
베갯머리 돌린 사이 끊어진 숨길
어둠 속으로 육친 홀로 배웅하는 날
윤슬로 만나자는 손가락 약속이 깊다

명치끝 아프게 버틴
코비드가 만든 긴 터널 감춘 걸음
별무리 속 두 손 모은 기도로 본다

싱크홀을 벗은 얼굴이다

가족사진

바람꽃으로 오셨나요
별꽃으로 오셨나요

당신을 처음 만난 그 날
몸 안 설렘이 눈을 뜨고
들숨과 날숨은 잡힌 손목을 타고
물오른 발이 되어 탱고를 추네요

당신은
하늘빛 그려내며
별무리 뿌리는 바람이지요
별빛 닮은 변산 바람꽃에 앉은
하얀 드레스로 춤추는 나비 가족
밤이슬에 젖을까 잡았다 놓았다
손마디 풀지 않네요

가슴 두근거린 신행
첫날 밤 견우직녀의 마음으로
리마인드 웨딩 촬영이
당신이 가진 빛을 맞이합니다
더 깊은 어둠입니다
하늘 궁전 촬영소

살다 보면 부득이

녹슨 철망
장바구니에 가을비가 앉는다
보금자리 있을 때는 꽃처녀
바깥 구경은 치맛바람
설레임이다

마중 없는 이별에 눈가가 녹슨다
지나가는 비가 대신 눈물방울 맺더니
경비 아저씨 가슴에 안겨준다
절로 떨구는 눈물이 어둠을 뱉는다

보릿고개 때
철망 휘어지게 안기던 물낯들
잦은 손길 타다 등 굽으니
낡은 바퀴에 촛점 잃은 눈빛이라고
작별에 인사도 없다

지나가는 비
서편 하늘 보는 여유도 남겨둘 필요없이
이승이 이력이라고
가슴살이 일깨운다

어둠에 빠지다

대숲에 겨울 마늘이 산다

정남향 텃밭
솔바람에 인기척 느끼는 대숲
참새 떼 놀이터다
한파와 가슴 벗고 대적하는 푸른 잎
호흡이 강하다

강물로 깊어진 위암 4기
붕어도 먹고 달팽이도 먹고
시한부 남은 시간이 먹거리를 놓는다

칠흑 어둠을 걷는다
손길 늦어 냉장고 속 싹 피운 마늘
동짓날 텃밭에 심는다
시험관 아기 보듯 순을 뚫고 나온 잎
갈참나무 낙엽이 토닥여 덮는다

참새 떼도 못 쫓는 힘없는 발길
겨울 마늘 중탕에 입맛이 돌아온다
한파 이기는 마늘밭
어둠을 벗는다

봄날은 창밖에

봄은 이어도에 있는가

살얼음 낀 흙에 만발한 별꽃 풀 무리
어성초 하얀 실핏줄 타고
푸른 발자국 넓힌다

서로를 기억하는 것은 미쁨이다
은하수 끝에서 명왕성까지
헤어질 생각 말자며 뿌리 엉켜
녹색 밀어 나누는 두 걸음
상사화를 그린다

칠흑 동장군 서슬에
별꽃 풀숲 유영하던 어성초 뿌리
냉이 나물 하품 소리에
새싹 눈 틔울 하늘창을 연다
뉘 손인지 고통 없이 뜯겨 나간
별꽃 풀 자리가 넓다

이어도로 갔는가 별꽃 풀 무리
봄날에 영결식을 한다

작가마을
시인선
070

———

낯선 책꽂이에 앉아도 될까요 이효순

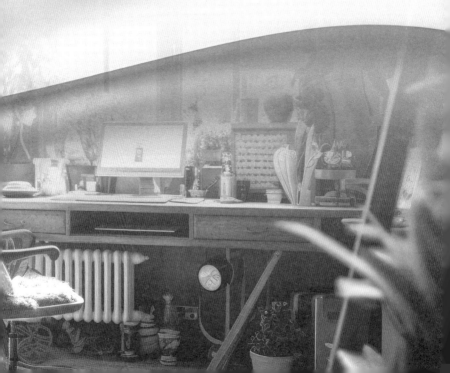

제
2
부

1분 눈 맞추기

1분간 눈 맞추기를 위해
핸드폰을 끈다

강물 길 열어 둔 네 눈 마주하는
내 눈은 회오리 이는 블랙홀이다
눈부시지 않도록 갈댓잎 찾아
발을 딛는다

초점 잃은 검푸른 강가
젖은 비린내 목청 터는 갈 숲 바람
피하지 못하는 눈빛으로
샛길을 연다

물길 닫히는 바닷가
가상 속에서 출구를 찾는다

흔들리며 네게로 가는 길
핸드폰을 끄고 가시 늪을 마주한다

전기 나간 밤

이끼 낀 기와지붕 지스랑물
낙수 소리에 장단 맞추는
수제비 끓는 소리가 조막손 반죽에
냄비 웃음소리를 낸다

열 살 누나 엄마 토끼 만들고
막둥이는 아빠 토끼 부른다
부뚜막 호롱불이 밝힌
어른 그림자 빈 저녁 두레상
빗물 젖은 돌담쟁이 억센 잎이
아비 뿌리로 등대 불빛 눈 틔운다

빗쟁이 걸음 소리 두려운 어미는
무성한 담쟁이 돌담에 그림자 숨기는
전기 나간 밤이 좋아라

백 년 기와지붕 집터 헐리니
낙숫물 소리 잊은 영도 봉래산

흔적 잃은 빈터에 찾아오는 달빛
육 남매 웃음소리 놀고 간다

시인을 위한 노래

타지마할 붉은 달이
거운리 접산을 덮는다

황제가 바친 궁전
아내를 노래하던 젖은 달빛이
반쪽 문양 어둠을 비춘다

핏줄이 남긴 왕좌 흔적인가
붉은 모반 앉은 얼굴이 눈썹으로 펴주는
은빛 노래가 감미롭다

시공時空을 타고 온 그리움
접산 나루터에서 달빛 시인이 탄다

먼 길을 가다

외진 작은 책꽂이에 이름을 꽂는다

우편으로 나가지 못한 시집
편마다 몸이 기억하며 그린 언어들
동행하는 발자국이 탯줄로 감긴 상자를 뜯고
숨은 얼굴에 햇볕을 쪼인다

동해남부선 선로 없는 길가
망초꽃 흐드러진 메밀 국수집
낯선 책꽂이에 앉아도 되는지
금박 빛나는 덩치 사이 잊혀진 몸매가
눈치를 본다
딸깍발이 발자국은 아우성이다
읽혀지지 못해도 좋으니
고개 숙이는 일은 그만

혼자 가는 먼 길
비에 젖지 않는다

길 위에서

풀숲에 방울토마토 가을걷이
새끼 친 가지마다 젖꼭지 붉다

늙은 가슴이 쐐기풀로
솔기마다 새끼 감추자
호미가 가시 들춰 햇살 비춘다
봇물처럼 쏟아지는 푸른 눈망울들
바람 소리 닮은 목소리가 비릿하다
젖 줄기를 놓지 않는 새끼들
달려야 한다고 채찍 주던 늙은 어미
시퍼런 애송이 두고 간다

옹기 속 효소로 호흡을 잇는다
덜 익은 방울토마토 장아찌
늦가을 다가설 때까지
노을에도 아쉬운 얼굴

가을걷이 속에서 어린 피톨 괜히 건드렸다

홀로 가는 나무

하늘 넘보며 푸르더니
마이삭*에 넘어진 느티나무
이태 지난 봄에도 잎을 달지 못한다

늘어진 가지마다 매미 떼 합창
큰 덩치가 바람 손을 탄다
짊어진 상체가 무겁다며 외마디 남긴 뿌리
잔뿌리 허옇게 뽑아내는 강풍에
두 어깨 송두리째 땅 밑으로
웃는 입이 멀기만 하다

아기 전구 두르고 반짝이지만
목석이라 뜨겁지 않다
실바람 앞에서도 움츠리고
물러나면서도 이파리 오래오래 반짝이는

갈대이고 싶다

＊마이삭 (MAYSAK): 2020년의 제9호 태풍 이름. 마이삭은 캄보디아에서 제출
한 이름으로 티크나무를 뜻한다.

문을 닫고

대명석곡 난향이 흔들릴까
문을 닫는다

한기 견딘 꽃집이 눈을 보이자
꽃대궁이 홍두깨를 불쑥
살 밀어 올린다

꽃망울 안고 주저하던 서너 달
문밖은 마스크 쓴 입들이 요란하다
흔들림 없이 지키는 꽃대
꽃술이 기지개 켜는 하품 소리에
하늘은 높고
대지는 노랗게 익는다

초승에 다섯 잎
우윳빛 속살이 햇볕에 반짝거리고
점박이 무늬 속 노란 꽃술이 향기 세운다

붓끝에서 오지 않던 사군자 난꽃
난향 익는 가슴
묵으로
그림 속 사군자 다시 문을 연다

석대 수목원

상강 지나는 하늘
산 아래 홀로 선 자리
동박새가 먹고 남긴 무화과 열매 속
붉은 꽃이 달다
쓰레기 더미에서 일어선 화훼단지
묘목이 던진 미소다

발치에 있다가
돌아볼 연고도 없는 몸들
담판 없이 팔렸다

'석대 하수구는 맑은 물'
시커먼 거짓말이 겁 없이 하늘을 가린다
시린 회초리 바람이 골목마다 매를 들고
군상으로 입을 열자 화훼 길이 열린다
쓰레기 매립지 구정물이 천길
벼랑 아래 빛을 본다

무화과 묘목 젖은 자리에 핀
보금자리 햇살
하늘 담은 꽃자리 새 이름이 붉다

산불

기장군 아홉산 산불
탁발하는 불꽃이 빠른 걸음으로
숲 깊은 정골 못을 달린다

마른 잎들은 불티 옮길까
식솔을 버릴지 뿌리마다 물 찾는
잿빛 불안이 가득하다

오미크론을 부르고
흙 속까지 비명을 심을 때
밭 흙이 못 가에 성을 쌓는다
못 물 깊이에서 해탈하는 불길

재 속에서도 웃는
머위 꽃 씨앗이 남긴 하얀 뿌리

산삼을 캔다

냉이

회동 저수지 길 끝 텃밭 속
냉이 잎이 맵차다
꽃대 세운 손가락 끝이 짧아 헛풀인가
따보니 혀끝을 쏜다

공터에 만든 마늘 밭고랑 사이
손바닥 비비며 앉은 얼굴
겨우내 흙빛 잎이 감춘 뿌리
봄 향 기억하는 생 손가락 지문을 뺏는다

눈 속인 적 없는 발아
봄 하늘로 붉은 목덜미 드러낸다
사철 푸르게 손주 등 닦아주는 손
등껍질 굵게 지키고 싶었던 이름이다
얼굴 부비면 눈물도 고일 줄 아는
매운 잎이 자라목 뽑듯 솟구쳐 당찬 꽃을 지킨다

길 끝에 앉아
눈꽃 같은 꽃 피우며
홀씨 지키는 젊은 날 어미를 본다

석류나무

새끼 밸 기미 없는 밑동을 잘랐다

어미 뿌리에 매달린 잔뿌리가 없다
마른 가지에 붙은 한 송이 꽃만
눈먼 기다림 준다
새부리로 폐혈증 앓던 팔뚝에는
동박새가 집을 짓는다

겨우내 잎 하나 달랑
기다림을 접기엔 이르다고
농막 앞 보초 서는 대장 얼굴이라고
점심 숟가락에 눈길 얹어 잔병치레 살핀다
진딧물 덮은 몸에 진흙 발라줄 때
텅 빈 뿌리로 숨길 올리며 남긴 미소

폐경에 피운 선홍색 보석이다

새콤한 석류알 감칠맛 돌리는
폐경기 걸음이 햇볕에 반짝인다

초여름 숲

단 가지 굵은 단풍나무 아래
어린 눈망울이 줄을 선다

잎 푸른 홍단풍 키 세운 자리
왼쪽 가지 눈칫밥 먹던 걸음
솔씨 심한 송화가루에
갈 길을 잃는다

푸른 자리가 없어진 외팔
눈길로는 아는체할 수 없어
삼도천* 아래 거리 두기로
연초록 잎 틔워 친자 남긴다

어린 홍단풍이 밝히는 연등 불빛
외팔 얼굴이 뿌린 초여름 숲이 무지개다

* 삼도천(三途川) : 저승 경계에 흐르는 냇물

고추고랑 풀씨

고추밭 고랑 덮은 검정비닐
철옹성 선박으로 풀뿌리
침범 막는다

뼛속 온기 지켜 주는
검정 덮개가 부러웠던 풀씨
하늘 물줄기 얻어 마시고
입추가 오기 전까지 속내 피우며
용트림한다
덮개 씌운 고추 둔덕
한 움큼 밭뙈기에도 빈틈없이
잠입해 춤을 춘다
밤 밝히던 박꽃도
텃세 좋던 고구마도 문밖으로
쫓아내며 불길 사른다

풀씨 흔들리는 비웃음에 익어가는 고추가 검붉다

풀벌레 집이 내리치는 파도 소리
매달린 고추가 붉게 깡깡이 소리를 낸다

떠리미 할미꽃

부추 떠리미*에 꺾인 꽃이다
저울 눈금 따라 오백 환*이 오간다고
따라붙은 할미꽃 덩달아 자른
농막 손

봄나물이라면 귀할까
한여름 부추 옆에서 백발 날리니
밥상 차리기 전에 없애야지
거친 발길로 보랏빛 고개 꺾는다

잎 잘린 뿌리가 뿜는 하얀 진액
고단한 밭일에 조각난 상처가 약초에 눈뜬다
합석하는 밥이 춤춘다
버선발로 손주 안아주던 어미 몸
뿌리까지 복 떠리미다

떨이 가까운 할미
바람 노래 부르며 할미꽃 키 세운다

* 떠리미 : '떨이'의 경상도 방언
* 오백 환 : 1960년대 화폐단위

여덟 번째 눈빛

절운재 고개가 불을 품는다
불길에 가슴이 철렁거린다
황톳집 진돗개
가래봉 단풍에 홀아비 된다

선바위 봉 하얗게 구름 꽃 피던 날
목줄에 피멍 자국 번질 때
바람길 황토집은 고요했다
언덕 위 목조집은 축대 높아
진돗개 살림에 어둡다

달맞이꽃
무리 세우던 한낮
불꽃 자국 지아비 어깨에 펄럭이는 데
끌려가는 막심이 불씨로 번져 접산 하늘이 탄다
홧병에 감은 눈
거운리 목조 건물이 울분에 붉다

다시 짖지 않는 개
여덟 번째 눈빛으로 누굴 기다리나
절운재 등산객 걸음마다
눈 감긴 아내 숨은 걸음 찾는다

나뭇잎 설화

발자국 깊은 느릅나무 잎
바닥에 바삭 엎드린다
빗자루에 훑어지지 않는 낙엽
돌아간 아내 망녕이 붙었다고
길바닥 청소하는 황씨
삿대질 일삼던 어깨에 힘줄 세운다

서방 벌어주는 월급봉투 한 번 받아보는
소원을 멈춘 숨길은 잠깐인가
책갈피 사이 남긴 푸른 글이 낯설다
코로나19로 하늘가는 그 날까지 도박은 투자라는
낭군 말을 믿는다

사는 게 죽음만도 못하다며 당산나무로
느릅나무 기대며 파출부 전전하다가
잎 떼어 정화수 기도하더니 구름 한 조각
손짓에 몸을 벗는다

아파트 경비원 취직에 올라선 층계

빗질 따라 덩실거리는 나뭇잎
왼쪽 바지 두둑한 월급봉투를 본다

청령포 학

저녁노을에 홍학 한 쌍 춤을 춘다
호숫가 붉게 물들인 선홍색 깃털
하늘을 걸친 발바닥 입맞춤이
바람 타는 별을 부른다

단종 열일곱이 보는 눈
청령포 시린 물에 젖은 나의 왼발이다
김삿갓으로 떠돌아도 무겁다
흐르는 물 위에서 추는 발레가
무지개 한끝에 닿는다

초목마저 우는 설움 속 외발로
누이의 꽃밭 속에서 못다 피운 두 발
푸른 꿈이 홍학으로 떠서
꽃배를 탄다

청령포 뱃머리 하늘 가르는 학
발레리나와 발레리노가 추는 춤
누이 감은 외발에 키 멈춘
나의 왼발이 시리다

귀머거리 벚꽃 잔치

꽃비로 소문 뿌린다

정골 못 가
새소리 쌓인 밭두렁에 걸터앉아
독백하는데
이십오 년 유래 없는 일이다
귓바퀴 두껍게 살았다

벚나무 묘목이 안쓰러운 묵정밭
고샅길 물지게가 십 리 울타리를 꿈꾼다

뻐꾸기 종일 흙 가슴 달래던 날
외래종 잡새들은 알까
어린 배나무 어사화 피운 걸
꽃비 쏟아진 고랑마다 눈웃음 벙긋 거린다

화전리 밭 울타리 긴 왕벚꽃 만개 길
1급 청각장애 춘궁기 농부
거울 속 풍악 소리에 귀가 춤춘다

맥문동 씨 한 알

빛에는 그림자가 없다
빛이 그림자를 만드는 가

왕대 숲 음지에 눈뜬 맥문동 씨 한 알
보라색 꽃대에 검게 익은 열매가 빛을 낸다
송곳니 없이 뻗은 촘촘한 침입
봄장마에 숨 틔운 죽순 눈이 찔린다

천근성 대나무 뿌리가 울타리 넘는
마늘밭 시름 덜어 좋다는
그늘진 가슴이 웃는다

빛을 싫어하나 빛을 먹어야 사는 그림자 사랑

맥문동 씨 한 알
인연 따라온
그림자가 빛을 만든다

작가마을
시인선
070

낯선 책꽂이에 앉아도 될까요

이효순

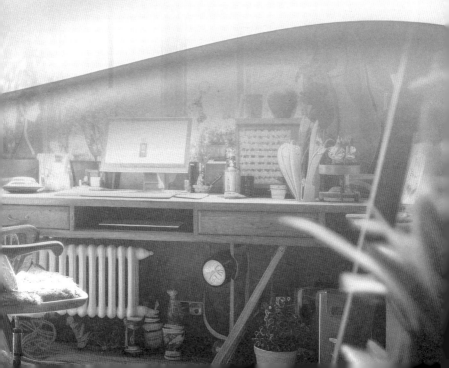

제
3
부

까마귀

재선충에 걸린 소나무
머리끝이 비었다
늘 같은 자리 고개 길들이던
그림자가 없다

참나무 보금자리 마다하고
눈길 높은 하늘 지푸라기만 먹고 산다
새까만 몸이 날개를 펴고 우는
구름 속이 까맣다

하루 두 번 비상하는 몸
참새 떼 숨죽인다
텃밭 손이 호미 들고
'오셨습니까' 하루 인사 올리면
전날 허물 다 덮어 준다

검정 외투만 고집하던 고령화인가
허공에서 사라진 까마귀 대신
참새 떼 소리 요란하다

금강송 자리

가래봉 굽은 산허리 밭
천정 뚫은 적송 무리 속
새끼 금강송이 일어선다

한겨울 덧옷이 자리를 만들었는가
풀 죽은 들풀 속에서 연록빛 얼굴이
바람 이력을 지운다
꽃 피울 바람기 예감조차 모르던
빈방이 군불 끓듯 뜨겁다

접산 가래봉에 타오르는 금강송 불꽃
잠이 설칠까 되돌아 다시 보는 백설 속 아가
금강송 꽃송이가 목마를 탄다

가래봉 산자락에 하늘 지붕이 선다

막차

막다른 골목이다
승합차 유리벽에 짓눌린 입술
오징어 게임을 한다

그늘 짙은 얼굴들
게임 길목마다
동그라미 가면이 시신을 운반하고
세모 가면은 총을 들었다
네모 가면 이동 따라 생사가 오가는 규칙
대접에 높낮이가 없다
뛰는 가슴 선택에 달렸다

총을 맞고 불길로 태워지는 패자
승자가 하늘 위 쌓여가는 돈 꾸러미를 본다
더 배 불리기 위해 만든
승자독식 게임
유년 놀이에 억척이던 시간이 무너진다

하차 시간을 놓친 어미
피우지 못한 계절을 아들이 또 탄다

선물

열사를 환영하는 아프리카 사막
오지에서 밟은 지뢰가 뜨겁다

터지고 뿌리가 해체되는
환각에 밤마다 시달린다
사막 승냥이 울음소리로 외로움 달래던 날
지뢰가 된 장난감 병정이 남긴
낡은 깡통은 웃는다

염천 복날 그리워하는 신기루
봄 밭 논 개구리 깨우는 울음소리
환청으로 듣는다

이상기온으로 변한 회색 지구
삼한사온三寒四溫은 마지막 선물이었다

나의 사랑은

가을 낙엽 속 졸참나무
아래에 지뢰가 묻혀 있다
수목장 시인으로 노래하고 싶은 피는
화약으로 몸을 바꾼다

피가 마르고 뼈와 살이 가렵다
헛바퀴를 겨우 넘긴 바람 자국이
나이테를 잊고 뼈 무게를 찾는다

졸참나무 신기루는
뿌리를 벗어 날 수 없다
어둠에 지친 눈먼 구둣발
푸른 문신이 찢기도록 잎사귀마다
산화되는 폭발음 내고 싶다

고목이 된 졸참나무
도랑물 치는 소리 토하며
수목장 뼈 노래 지뢰를 묻는다

젖은 눈

일회용 젖은 물수건이 머리맡을 지킨다
콧줄로 흔들리는 목숨
흔적을 감출까
젖은 달빛이 아흔여섯 뒷모습에 흔들린다

바스러질 사랑끼리
붙잡은 침묵
적요가 어둠 속에 고개를 든다

명주 수건만 찾던 얼굴
기억을 잃고 마법 같은
천둥소리로 '물티슈' 이름을 부른다
숨어 우는 눈물로 맑은 치아 보일 때까지
온몸 닦던 지난 흔적을 기억한다

미소 지울 수 없는 인연이 달빛에 푸르다

아픈 이름 하나

전향 않는 양심수

부인 영정 앞에 서길 기다린다
칼로 자르라며 이별에 서럽던 외침이
피붙이 만류에 생기를 잃는다

풀 먹인 광목 치마 다림질하며
눈빛 키운 설렘 가득한 사진
바람벽에 섞은 언어들 걸어 놓고
싱크대는 물 먹은지 오래다

쌓이는 일회용에 연명되는 숨길
왼쪽 심장이 녹슨 맥박을 내어 준다

내 짝이었던 사람
익숙한 이름
봄빛이 서럽게 짙어간다

고층 아파트
– 주차장 바닥에 안긴 아가

오십 층 길게 늘어진 그림자
가물거리는 주차장
회색 불빛 자전거가 뒤를 따라간다

이어폰 속 우레에 엉덩이를 들썩이고
가쁜 페달이 주차장 틈새
아가 울음소리 못 듣는다

별빛에 어미가 홀로 두고 간 밤
고층 긴 그림자가 아빠 흔적 찾는다
소리 멎은 그 밤에
별무리로 뜬 민들레 아가

그림자에 갇힌 아파트
층과 층 사이 별 헤듯
아가 숨소리 길게 잇는다

기침 소리

풀 죽었던 띠풀이 유월 소낙비에 날 세운는 날
일가족 하산했는가, 산돼지 검은 가면을 벗긴다

키다리 노래하는 옥수수 키운 지 사 년째
수확기마다 부는 바람에 허리 꺾여
마사토 섞어 보금자리 대숲 곁으로
살집 깊게 기상 세우라 고랑 높인다
매달린 새끼들이 수염 내리며 익어가는
바람 소리 뜨거운 날
며늘 아가 배 보듯 다 큰 옥수수 바라보는 뒷짐 진
팔자걸음이 무지개를 피운다

먼발치서 띠풀 깊어 고라니 잠자리 될까
우려하던 옥수수 밭 찾은 날
옥수숫대 헤집어도 어린 알갱이 흔적 찾을 수 없다
한 줄 언어 낚던 상상력을 보내고 창백하게
가면 쓴 얼굴을 찾는다

달음산 뜨락에 밤새 흥청인 옥수수밭 잔치
산돼지 가족 기침起寢 소리였다

엄마 생각

거운리 공터에 앉은
코스모스 잔치
비밀 뜰 안 기억을 부른다

무명수건 머리 두르고
옥양목 행주치마 걸친 열일곱
사진 속 얼굴
분홍꽃 보라색 꽃잎마다 흔들리는
미소가 구름을 탄다

육 남매가 붙잡은 발목
머리털 세우고 발톱 드러내며 산다
뛰어가는 버선발에 이름이 까맣다
코스모스 자태 날아가고
질긴 등줄기 개망초 흔적만 남는다

공터 앉은 코스모스 물결
여린 열일곱 살 미소가
오색 무지개 꽃잎 한글을 배운다

날개에게

하늘을 열려고 그러나보다
우주를 떠받들 어깨를 키우려고 그러나보다
살 깊이 생생한
새 생명 숨결에 놀란다

복대로 위대한 인연을 숨긴다
구토가 전신을 감는다
어지러움을 바늘방석에 앉히고
움튼 소식 애써 달랜다
진통보다 입덧이 더 눈을 부라린다

초음파 사진 속 심장박동 소리
심연에 움튼 별이 내는 신호다
퍼득이는 숨소리에 햇살이 눈을 뜬다
깊은 동굴 어디에서 날개가 돋는지
회오리치는 몸에 은하수가 흔들린다

늙은 거북이 한 쌍 눈을 뜨고
회생하는 길인가
심연 벗은 놀이터엔 새로 자란 마디마다
빛이 무성하다
무동 태우는 거북이 날개 돋는 신호가 뜨겁다

고양이 낯바닥

오목렌즈 거울 속 아바타

구리로 감은 사각 틀을 돌린다
황금 테두리 속 얼굴과 마주하면
일에 지쳐 퍼진 얼굴이
갸름한 낯바닥에 눈이 큰
여배우 되어 구름 속
유리성을 지킨다

미군 군수물자로 불법 유통된
거울이 만든 환상
가상 세계 속 얼굴
한치 비굴함을 용서하지 않는다

엄마 발자국 밟는 미소
눈매 깊은 주름살이 고요하다
파고 깊게 행복 젖은 눈매
낯선 고양이 낯바닥이다

입꼬리 올린 오목렌즈 가슴이 만든다

왕대 울타리

울타리 없는 대나무밭
바람 놀고 간 자리마다 서늘하다

다 키운 옥수수에 열매 흔적 지우는
지우개가 의심스러운 자리
볕 지운 마늘밭 주변에 흩어진 쥐 주검
어린 머리에 투명한 간이 붉다

왕대 뿌리 넓히는 어둠 길
올곧은 그늘이 만든 공터
가까이 들기에는 울이 높다

바람길 따라 물이 간다고
말하지 말자
농부 가슴 경계하며 울타리 친다

못을 치다

꽃밭에 대못 치는 아주까리 열매
비 온 후 번식이 무섭다

두더지 눈도 숨긴다
봄나물 캐는 손을 피해
수시로 가시 꽃을 곁에 둔다
별 모양 잎 푸르게 키 높이더니
발바닥이 밭고랑까지 덮는다

철벽 가시 껍질로 감싼 씨
허공에서 지상으로
천근성 풀을 제친 블랙홀이다

비온 뒤 빠른 발걸음
접근 금지 경고를 하니 어린잎
정월 대보름 나물로 다시 보란다
뽑아도 줄지 않고 날름거리는 순한 맛
대가족 혓바닥 적시며 절기 맛을 알린다

가시에 손바닥 대못 박히며 거둔 씨앗
뿌리까지 뽑아도 청명에 아주까리
여린 맛 다시 본 얼굴이 웃는다

변죽을 걷다

  - 동강 주변

동강 거북이 마을은 피가 튄다
걸음이 마른 돌을 굴린다

물레재 접어들면 외골수길
나무도 스쳐 가기 힘들어
바위 벼랑 앞 물길 들어 오금을 저린다

어라연이 가슴을 연다
마른 땅에 내린 뿌리가 키대로 죽은
옥수숫대와 붉게 탄 고추
마른 몸이 꼿꼿하다

강원도 정선 물길
선비 혼 싣는다

작가마을
시인선
070

낯선 책꽂이에 앉아도 될까요

이효순

제
4
부

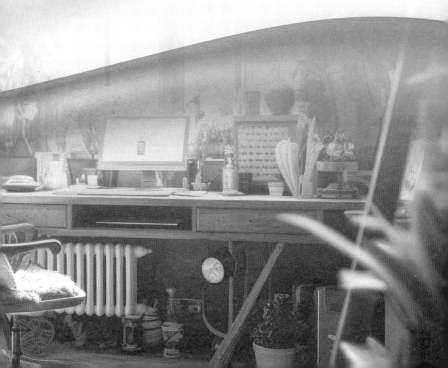

바닷속 물 꿈

꿈속 면경에서 본 얼굴
눈 뜨자 가슴 누르는 푸른 온기
놓칠까 싶어 앉은 채 휘발성 기억을 새긴다

숨막히는 녹음 봉우리
심연 깊은 물이 눈을 찌른다
머리카락이 바람기둥에 출렁댄다
묻혀들 위기에 눈을 돌린다

신바람 나는 해몽
기도로 끝나고 말 일인가
바다에 드는 강물로 반짝임만 남을 일인가
이미 몸속에서 자란 내 허상

골목길에 바닷물 들어
대어 찾는 낚싯대를 기다린다

허구가 부르는 꿈
메모하는 손등이 춤을 춘다

가우도 출렁다리

강진만이 춤추는 갈대다

뻘밭 구멍마다 짱뚱어가
진흙 속 진주 채굴을 재촉한다
고집 센 억새도 백발 풀고 나선다

방문 닫고 갈대 옆에 선 억새
텅 빈 수염 날리며 뼈골만 세운다

툭툭 불거지는 미운 눈짓
마주치지 말라고
사이에 출렁다리가 놓였다
단풍 든 잎마다 깊어지는 가을
갈대는 색을 버리고 가는 갯벌에 안긴다
출렁이는 가우도 거센 바람에
엉킨 걸음들이 짱뚱어 길동무로 펄떡거린다

가우도 출렁다리 젖은 길을 간다

꽃잿방어

물결이 휘파람을 분다
유리알 물밑이 키우는 소매물도
살 오른 잿방어
갯바위 앉은 물새가 부럽다

어디로 가야 하나
물결이 흐르는 대로 지느러미 젓는다
가슴 적시는 노래 뿌옇게 앉은
수평선 날아가는 활시위 허리가 찰지다

구름은 방어 치어로 흘렀다
차가운 불빛이 선창에 비치면 나를 닮은
부시리가 작살에 끌려가곤 했다
등줄기 뻗은 허연 자국은 미끼 벗으며 큰
나이테 무늬다

꽃잿방어 붉은 살점 하나
혀끝에서 파도를 탄다
소매물도 윤슬이 부르는 휘파람 유혹
상강 속 대어 삼키는 입술에 꽃이 핀다

속을 보였네

천사대교 너머로 가는 시선이
섬마을 학교 분교로 간다
물빛 파편으로 박힌 피로 마을 어귀까지
보라색 멍이 아프게 번졌다

어머니는 잘 익은 가을 햇살로
스무 살 갓 넘은 초임 교사로 발령 난
딸이 자랑스러웠다
등대 불빛 오지 않는 섬마을
거센 파도 몰려오는 밤을 쫓으며
조막손 가르침 빛 되라 했는데
귀한 딸은 어둠 속에 갇혔다

몸에 두른 어둠을 털고 일어서는 퍼펄섬*
보라색 형광빛마다 어미 박꽃 무리
스무 살 상처를 토닥인다

눈물 기우며 새살 틔우는
섬 기억에 수줍은 박꽃
물빛 속내를 본다

* 퍼펄섬 : 전라남도 신안군 안좌면에서 박지도를 거쳐 반월도에 이르는 전장
 1.4km의 목교가 있는 관광지. 온 마을이 보라색으로 채색됨.

강물 소리

새끼 젖 물리려 남지 개버릿길 달려간다
포화 소리 잠재운 낙동강
벼랑 그림자에 걸음이 흔들리고
물결이 숨을 죽인다

깎인 모퉁이를 돌 때마다
강물은 소리 내어 길을 세운다
새끼 귓불 솜털 빛살에 귀 닫고
불 피운 그림자 붙잡아도 봄빛은 흔들리곤 했다

다시는 못 볼 것 같은 강아지는 강물로 큰다
아비가 가고 성장한 새끼들도 흩어졌다
새끼 품은 가슴이 핑크뮬리 물결로 강물 소리 누른다

남지 구부러진 고갯길
강줄기마다 새벽안개 자욱하면
들판 여는 물소리 찾는 걸음
산 그리메 젖은 어미 가슴 깊이를 모른다

꿈틀대는 바다

영도 봉래산 주름 자락
묵정밭에 피는 미소 보러
노래 한 가락 읊으며 넘어간다
지워지지 않는 갯내음이 따라온다

하찮게 살아가는 풀잎들도
오래된 풋내에 바다가 다시 눈을 뜬다
벌거벗은 숨소리로 비린내 뿜는 물고기들
뛰는 지느러미가 씻기지 않고
발걸음 마른 솔잎을 적신다
축음기 장단에 구부린 무릎이
시퍼렇게 꿈틀대는 바다를 힘껏 껴안는다

미소 피우던 아내 그림자 안고
홀로 걸어온 외길 십 년

장인 주신 땅에 피는 노래 한 자락
거친 바다를 다시 세운다

짧은 하루

소연평도 바다 위
자글거리는 물결이 구슬 놀이 한다
너른 바다 어업지도선 선상에서
남자는 신기루로 부풀었다

서해안 부유물로 바람 타던 날
부표 따라 표류하는 몸이
영해 침범자로 북한군에 눈을 감는다
산화된 몸 운슬이 되어
비 오는 날 서해안 전설이 된다

유령처럼 떠 있다 사라진 가족 잃은 눈
망망대해 중국 배가 던진 구명조끼 흔적
자진 월북 오명을 벗는다

순직한 이름을 일으키니 뭍에 걸린
민가 창틀마다 만선을 꿈꾸던 등불
회귀하는 기쁨 새긴다

남과 북 물줄기 경계없이 흐르는
서해 바다 신기루가 된 남자*이야기

물금 그은 입이 낳은 긴 하루다

* 남자 : 2020년 9월 21일 소연평도 어업지도선 공무 중 북측 수역 침범으로 북
  한군에 피살 소각된 공무원. 실족에 의한 표류 증거물로 순직 인정 됨(22년 11
  월 1일)

둥근 불면

깊은 바다 꿈속 고래
등 둥근 미소가 펼치는
풍경에 걸음이 비틀거린다
오대양 해류를 타고 전생으로
아들이 잡은 손

어미 포유류가 숨길을 연다
젖줄을 떼고 새끼 배필 막막해질 때면
수평선 위로 머리 내밀어 하늘 본 나날들
가슴 가득한 울화에 파고 소리 크다
기다림을 접는데
현몽을 목소리로 본다

바다 위로 솟구친 피앙세
막힘 뚫는 푸른 휘파람 이길
잠 잃은 어미가 꿈길에 그리움 담는다

전생에 잃어버린 딸을 찾아
소금 눈물 솟구치는 어미 포유류
새끼 피앙세 미소로 무지개 엮는 밤이다

겨울 라디오

겨울 바다 파도는
철썩거리던 소음마저 멈춘다
주파수가 맞으면 발자국 따라
흔들림 없이 재잘거리던 말문이다

입 닫는다고 마른 솔잎 소리 낼 때
농막에는 녹슨 안테나가 제격이라고
철삿줄 감으며 으박질렀다

긴 고랑 풀베기에 막힘없던 동무
흔적 찾아 귓밥 꼬집는다
김 오른 밥덩이 차갑게
목젖 넘기는 나날
묵은 단짝 빈자리가 하얗다

얼어붙은 입맛이 겨울 해변으로 운다
철썩거리던 소리 곱씹으며
내 입맛에 춤추지 않아도 돼
살아있다는 눈짓만 줘
시린 옆구리가 콧날 세우며
아픈 주파수를 찾는다

혼자 웃다

숨은 눈동자
인기척을 부른다

시실리아에서 찾은 빈집
돌아보면 없다
땀샘까지 귓바퀴 세우고 그림자 찾는다
어둠 속 붉은 눈빛과 마주친다

꼬리를 내리고 피하는 들고양이
배가 홀쭉하다
섬마을 대나무 빗자루로 쫓으니
차 트렁크에 오른다
반려식물로 독방 채우며 여생 걷던 걸음
젖은 정이 따라올까 닭 뼈다귀 봉지도 감춘다

점점 가까이 다가오는 눈빛
손 타는 순간
길들이는 눈썹이 필요하다

버린 걸음 바람 타다 멈추게 하는 집

가족이 되는 길

혼자 웃으며 생각한다

손주

붉은 잇몸이 얼굴 덮고 반긴다
목젖이 절로 '까꿍' 소리 낸다
별똥별 첫 손녀
푸른 핏줄이 점지하신 찰나 깃든 영험
창공 구름 송이를 타고 왔다

널 보는 삶은
지나가는 시간도 다가오는 시간도
베풀어야 값게 되는 혼신이어야 한다

신혼에 집안 대세 종부자리 주시던
어머님 어깨가 빛난다
하얀 젖니 앞세운 발걸음은 오대 손
별 다섯 견장이라고 웃는다

왕매미 소리 외롭게 들리는 날
배롱나무 아래 빈터
별 무리 가득 빛난다

밥솥 이슬

압력솥에 눈물이 맺힌다
뜨거운 여우비가 왔다 간다

나주 들녘 쌀알이 기차 소리를 내며
솥 안을 달리면 춤추는 쇠추가
추임새를 넣고 밥알에게 귀띔한다

밥뚜껑에 방울진 눈물
구름 비껴 간 하늘 얼굴인가
밥 내가 혀끝을 감고
첫 밥 첫 숟가락에 혼을 깨운다

눈 뜬 밥솥이 흘린 여우비
이슬 된 눈물 기억하는 쇠락한 몸
기억하는 입맛이 돌아온다

열대야를 보내며

습기 걷어 간 더운 바람
모기 소리 쫓는 손이 시리다

강원도 유배지로 찬바람 찾아
휴게소마다 꿀잠 분실 신고한다

휘파람 불며 분진 앉은 포장을 뜯으니
한 장뿐인 그물망에 새아가 얼굴 떠올라
틀니 사이 볼우물이 미소 깊다

힘들게 구한 한 뼘 모기장
시아버지 손길 되어 삼복에
며늘 아가 단잠을 재운다
편한 자리 내어주고 날벌레에
쫓기는 밤이다

귀밑머리 하얗도록 지킨다는 바람막이 약속
유배지 기댄 등이 뜨거움 태우며 새 식구 맞이한다

청춘

밭두렁에 새끼 고양이 눈망울
어린 울음소리는 꽃가루 향내다

홀금거리는 콧망울이
언 가슴을 녹인다
분홍빛 발바닥에 핀 여린 발톱
햇살에 굳은 찌꺼기를 파헤치는
젖내가 힘없이 운다

걸음마다
어미만 찾는 연분홍 입술
먹이를 들고 다가서는데
만질 수가 없다

낯선 수염 고양이에
날카롭게 찔린 어미가 집을 비우는
불길 뜨거운 봄날이다

노을 앞에서

매화나무 도장지 가지치기
담금질인가

왕 매실은 단과지 소생
불임 태생 도장지가 철없이
입 맞추다 뻗어가는 시선마다
허리가 잘린다

떨어져 나간 피가 하얗다
아물 때까지
숨긴 분노가 하늘길을 넘본다
하늘길 멎은 자리 두 해
아픈 자리에 자란 붉은 단과지
저항하는 숨길 숨기지 않고
꽃망울 터뜨린다

진동하는 왕 매실 향기
황혼까지 도장지 아슬했던 순간들이
자루마다 새콤 달콤하게 달려있다

도깨비 풀 사랑

스치는 옷깃마다 슬그머니
수작이다
바느질하다가 살 찌르는 통증
살펴보니 도깨비풀 가시다

바람 일면 같이 흔들린다
떨치려고 하면 더불어 신이 난다
핏기 못 담은 얼굴이
몸 잃고 혼만 남아 붙임살이로 산다

도깨비 바늘 한 올 한 올 뽑으니
기다림이 마른 홀씨 된 그림자가 웃는다

도깨비 풀 같은 사랑
스치는 옷깃마다 원 없이 찔리며
겨울 햇살 보듬고 살고 싶단다

낯선 공간과 애틋한 장소에서 자아 찾기

김정수(시인)

　　인문지리학자 이-푸 투안은 『공간과 장소』(사이, 2020)에서 '공간'은 움직임이 일어나는 곳으로 '자유'를, '장소'는 정지가 일어나는 곳으로 '안전'을 상징한다고 했다. 추상적이고 낯선 공간은 개개인의 삶의 경험과 감정을 통해 의미로 가득 찬 애틋하고 구체적인 장소로 전환된다고도 했다. 즉 '공간'에 우리의 경험과 삶, 애착이 녹아들 때 그곳은 '장소'가 된다는 것이다. 이효순 시인의 네 번째 시집 『낯선 책꽂이에 앉아도 될까요』에는 시인에게는 낯익지만, 독자들에게는 낯선 지명이 상당히 등장한다. 물론 그 지명들은 시인의 삶의 영역을 공유한 '인간화'된 공간도, 잠시 스쳐 지나가는 '개방화'된 공간도 존재한다. 비유적으로 언급되는 초원, 툰드라, 청천강 등의 광활한 공간과 시실리아, 타지마할, 아프리카 사막 등 여행의 경험을 공유한 공간을 제외하면 대다수의 시편은 적요한 애착 장소인 부산시 영도와 기장, 강원도 영월의 삶의 경험과 철학적 사유를 시로 녹여내고 있다. 시인은 부산시 영도의 '고향'의 추억, 기장의 '농막'과 강원도 영월의 '집'을 오가며 겪은 일상을 탁월한 비유와 상징으로 시화詩化하고 있다. 집 주변 풍경과 그곳에서 마주한 사물, 그 풍경 속을 유유자적 거닐며 체화된 시편들은 마치 윤선도의 「오우가」나 「어부사시사」의 시풍과 운율을 떠올리게 한다.

시인은 가스통 바슐라르가 『공간의 시학』(동문선, 2003)에서 말하는 집, 서랍, 상자, 장롱, 새집, 조개껍데기와 같은 내밀한 공간보다는 경험의 삶을 둘러싸고 있는 정골못, 화전리, 봉래산, 접산, 동강 같은 장소와 주변 풍경을 삶의 중심으로 끌어들여 사유의 공간으로 변모시킨다. 아울러 이들 장소에서 왕벚나무 그늘(「꽃, 껍질을 벗다」), 뻘밭 구멍(「가우도 출렁다리」), 갯바위에 앉은 물새(「꽃잿방어」), 부추꽃 꽃대(「초침을 먹다」), 무화과 열매 속(「석대 수목원」) 등 우연한 기회에 목격한 다채로운 풍경에서 시적 순간을 포착한다. 바슐라르에 의하면 최초의 세계인 집은 "비천한 거소"일 뿐 아니라 집 내부 공간은 '피난처'와 '은신처'로서 기능한다. 우리의 삶은 집의 품속에 숨겨지고 보호된다는 것이다. 집은 행복과 불행이 교차하는, 경험이 녹아 있는 공간이다. 이-푸 투안에 의하면 집은 "작고 정돈된 세계"로 환경과 감정의 연관에 따라 '광활'할 수도, '과밀'할 수도 있다. 피난이나 은신, 광활이나 과밀의 속을 들여다보면 '높고 쓸쓸한 고독'이 스며 있음을 알 수 있다. 시인이 최초의 세계인 집에서 벗어나 광활하고도 과밀한 공간을 주유하지만, "외로움"(「선물」)과 '고독'의 그림자를 떨쳐내지는 못하는 듯하다. 광활한 공간은 누군가에겐 '황량함'과 '고독함'과 '나'를 돌아보는 계기를 제공한다. 과밀한 공간인 집의 내부와 외부에는 감정의 온도 차도 존재하고, 이런 온도 차에 의해 '숨김'과 '드러냄'의 수위가 조절된다. 공간과 장소에서 삶의 경험, 풍경과 그늘, 사색이 녹여낸 시는 숨김과 드러냄의 미학이라 할 수 있다.

이번 시집 전체에 '고독'이라는 시어가 한 번도 등장하지 않지만, 역설적으로 고독한 정서가 행간에 배어 있다. 진정 사랑하는 사람에게 사랑한다고 말하지 못하는 것 같은 이치가 아닐까. 과밀한 장소에서는 군중 속의 고독이, 광활한 공간에서는 황량한 고독이 감정의 수위를 높인다. 정작 말하고 싶은 것을 드러내지 못하고 지나치게 우회(비유)하거나 숨김(상징)으로써 시적 '모호함'과 '애매함'이 생겨난다. 술어의 과감한 생략과 주체와 객체의 의도적 교차도 시의 모호함과 애매함을 거든다. 경험적 공간과 장소에서 시적 주체의 눈에 의해 의미화된 세계는 어떻게 표출되지, 감정과 감각은 비유와 상징을 만나 어떻게 표현되는지, 기억과 추억은 어떻게 발현되고 주변과 조응하는지 살펴보는 것이 이효순 시에 좀 더 다가가는 방법일 것이다. 낯설고도 친숙한 공간과 장소에서 발현하는 숨김과 드러냄의 세계를 마주하기 위해서는 시집의 맨 앞에 놓인 시「동굴 속 별똥별」을 먼저 살펴볼 필요가 있다.

별똥별 하나 빛을 낸다

초원을 내달아 온 집

물방울 소리가 뚜렷하다

꽃으로 환한 방

빛이 오는 곳으로 머리를 두고

가슴은 파도 소리를 듣는다

겨드랑이에 아직 날개가 없다

눈이 일어설 때까지

네 첫걸음은

빛이 오는 하늘이다

-「동굴 속 별똥별」 전문

　이효순 시의 '모호함'과 '애매함'은 구체적이지 않은 시적 비유와 상징에서 생겨난다. 비유에서 상징 사이의 간극, 주어와 술어의 도치, 혹은 생략 순간에 발생한다. 여기에 시인의 경험적 세계가 혼합되고 융화되어 기존 사물이 가지고 있는 이미지가 파격적으로 전복되면서 개성적 이미지를 창출한다. 모호함은 말의 의미는 분명하지만 그 말이 적용되는 범위가 불분명해서 생겨나고, 애매함은 말의 의미가 여러 가지여서 다양하게 해석될 수 있을 때 발생한다. 구체적이지 않은 상태에서 본질을 지나치게 숨길 경우 모호함과 애매함이 발생하고, 이는 결국 해석의 다양성을 불러온다. 다시 말해 다양한 비유와 상징으로 이루어진 이효순의 시는 개인의 경험치에 따라 여러 방향으로 해석의 갈래를 열어두고 있다. 이를 극명하게 보여주는 시가 시집의 첫머리에 실린 「동굴 속 별똥별」이다. 이 시는 '동굴'과 '별똥별'의 정체가 무엇이냐에 따라 해석이 달라지는데, 일단 동굴이 상징하는 것이 무엇이냐는 문제에 부딪힌다. 가장 먼저 떠올릴 수 있는 것이 플라톤의 '동굴의 비유'이다. 동굴에 갇힌 사람들은 벽에 비친 그림자만 보고, 그것이 현실이라 인식한다. 하지만 진짜 사물은 동굴 밖에 존재하고, 벽에 비친 그림자는 불완전한 복사본일 뿐이다. 동굴을 벗어나 본 적 없는 사람들은 그림자만 보고 사물의 본질을 이해하려 한다. 동굴을 벗어난 사람들(철학자)도 한동안 눈이 부셔 사물을 제대로 보지 못하다가 점차 적응하면서 진짜 사물을 파악하고 현실을 직시한다. 밤하늘의 "별똥별"은 중요한 사람의 탄생이나 죽음을 상징한다. 시 「손주」는 별똥별의 정체를 파악할 수 있는 근거를 제시한다. 이 시에서 "푸른 핏줄이 점지하신" "첫 손녀"를 별똥별이라 했다. 따라서 별똥별의 정체를 "첫 손녀"의 탄생으로 봐도 무방할 것 같다. 그렇다면 동굴의 이미지는 첫째는 그림자만 보지 말고 진짜 사물을 보길 염원하는 시인(할머니)의 마음이 담겨 있고, 둘째는 별똥별이 내려온 "영험 깃든 우주"일 수 있고, 셋째는 모성 본능의 자궁일 수 있고, 넷째는 탄생의 환희가 가득한 상상의 공간일 수 있다. 시인이 굳이 제목에 '동굴'을 넣은 이유가 아닐까. 밤하늘에서 반짝이던 "별똥별 하나"가 "초원을 내달아" 집에 당도하자 순간 방이 환해진다. 이 시의 모호성은 "초원을 내달아 온 집"의 문장에도 적용된다. 별똥별이 초원을 내달아 '집으로' 왔다라고 해석하는 것이 좀 더 자연스럽지만, '집이' 초원을 내달아 왔다는 시적 허용이 가능하다면 집의 의미에 따라 이 문장은 달리 해석될 수 있기 때문이다. 여하튼 "빛"은 생명의 본향, "초원"은 그 생명이 무사히 집으로 인도하는 역할을 한다. 초원을 지나자 빛 이미지는 물 이미지로 전환된다. 빛의 형태로 집에 이르러 잉태된다. 이때 "물방울 소리"는 동굴 이미지와 함께 모성성母性性을 상징한다고 해석할 수 있다. 동굴 이미지가 중의적으로 해석되는 이유가 여기에 있다. "겨드랑이에 아직 날개가 없다"는 문장이 가리키는 지점에는 '날개 없는 천사'가 존재하지만, "아직"이라는 부사가 문장의 확정을 가로막고 있다. 겨드랑이에 날개가 있어야 하지만, 때가 되지 못했거나 미처 그에 이르지 못해 날개가 없다는 의미를 담고 있다. '아직'은 빛 같은 소중한 존재로 여기고 있다가 '나중'에 천사가 될 거라는 확장적 의미를 내포하고 있다. "네 첫걸음"이 빛의 상태로 하늘에서 왔듯이, 돌아갈 때는 날개를 달고 하늘로 돌아간다는 뜻이 아닐까. "푸른 핏줄이 점지하신" 첫 손녀에 대한 지극한 애정이 담긴 축시인지라 시집의 맨 앞에 넣었을 것으로 짐작된다. 만약 시 「손주」의 별똥별 이미지가 없었다면 이 시는 막연한 누군가의 탄생, 자아의 발견과 깨달음, 동굴 속에서의 맞는 밤의 이미지 등 또 다른 방향으로 해석될 여지를 제공한다.

늙은 포구나무 그늘이 짙다
농막 벽에 붙은 매미 허물
산복도로 그늘 열매로 매달렸다

넓은 잎 사이사이 모여 있는
굽은 속울음은 쓰나미를 부른다
몸 한 채 지었다가 허무는
젊은 노을
찬란한 낙하가 남기는
매미 가족 서러운 절창
온몸으로 울다가
온몸으로 비워가는 사랑

초파리 하루살이 꿈을 깨운다

포구나무 늙은 그늘
농막 벽에 붙은 간이역마다
시린 걸음이 휴가를 마신다

– 「그늘 열매」 전문

　시인이 사는, 어쩌면 주말에 가는 강원도 영월의 농막에
는 "거운리 접산"(이하 「시인을 위한 노래」), "접산 나루터"와 "가
래봉"(「금강송 자리」) 그리고 동강의 "어라연 물 푸른 숲"(「홍메밀
꽃밭에서」)의 절경이 펼쳐져 있다. 굽이굽이 정선에서 흘러온
동강이 깊은 산골짜기를 타고 흘러내리고, 산과 물이 어우
러진 곳에 농막이 자리하고 있다. "농막 앞"(이하 「석류나무」)에
는 "새끼 뱉 기미 없어" 밑동이 잘린 석류나무와 "소나무에
걸린 달"(이하 「나를 찾아서」), "달맞이꽃 무리"가 환하게 피어
있다. 또한 농막 옆에는 늙은 포구나무(「팽나무의 방언」) 한 그

루가 서 있고, 농막 옆에는 산복도로가 나 있고, 부근에는 간이역이 있다. 시의 계절은 여름, 포구나무 "넓은 잎 사이사이"에서 들려오는 요란한 매미 소리가 한낮의 적막을 깨운다. "농막 벽에 붙은 매미 허물", 그 낯선 사물에 시인의 눈길이 머문다. 한데 매미 허물을 "농막 벽에 붙은 간이역"으로 비유한 것으로 봐서 매미 허물이 농막 벽에 붙어 있는 것이 아니라 포구나무의 그늘이거나 나뭇가지에 붙어 있는 매미 허물의 그림자로 볼 수 있다. 간이역은 땅속과 허공의 삶, 혹은 삶과 죽음에서 잠시 쉬었다가 가는 중간 지점을 의미한다. 시인은 본질은 사라지고 허물만 남은, 의미 없는 사물에서 의미를 찾고 있다. 허물밖에 안 남았지만, 그 허물에서 "온몸으로 비워가는 사랑"과 "하루살이 꿈"을 본다. 사랑은 아낌없이, 남김없이 주는 것. 그리하여 사랑은 완성되고, 우리의 삶은 하룻밤의 꿈에 불과하다는 깨달음을 선사한다.

한데 조금 더 눈여겨보면 시인이 "포구나무"가 아닌 "그늘"에, "매미"가 아닌 "허물"에 천착한다는 것을 쉽게 눈치챌 수 있다. 사물의 본질은 그대로 두고 사물이 빚어낸 허상에 눈길을 주고 있는 셈이다. 그 허상은 현실이 아닌 "꿈속 면경에서 본 얼굴"(이하 「바닷속 물 꿈」)처럼 "이미 몸속에" 자리 잡고는 나가지 않는다. 내 안에 들어온 허상의 실체와 "허구가 부르는 꿈"에 보다 효율적으로 대처하는 방법론으로, 직접 사물의 본질에 다가가기보다 '그늘'이나 '그림자'와 같은 실체가 만들어낸 허상에 접근하는 우회로를 택하고 있다. 그늘은 불투명한 물체에 가려 빛이 닿지 않는 상태이나 겉으로 드러나지 않는 마음의 이면裏面을 의미한다. 따라서 "왕벚나무 그늘"(『꽃, 껍질을 벗다』), "느릅나무 그늘"(『방패연』), "금목서 그늘"(『은목서』)과 같은 나무 그늘뿐 아니라 "그늘진 자리"(『상견례』), "숨겨온 그늘"(『홍메밀 꽃밭에서』), 그늘 짙은 얼굴들(『막차』), 그늘진 길(『사진 속으로』), "가까이 갈 수 없는/ 그늘"(『월식月蝕 −코로나19 그 후』), 올곧은 그늘(『왕대 울타리』)이 지칭하고 지시하는 이면에는 '시인의 그늘'이 존재한다. '그늘의 고독'이라 할 수 있다. "그늘진 가슴"으로도 웃어야만 하는 역설적 상황이나 "툰드라에서 해녀가 되"(이하 『툰드라 눈발 속』)어 "빙상 속(에서) 물질하는" 불가능한 조건에서도 시인은 쉽게 아픔이나 슬픔을 내비치지 않는다.

　　빛에는 그림자가 없다
　　빛이 그림자를 만드는가

　　왕대 숲 음지에 눈뜬 맥문동 씨 한 알
　　보라색 꽃대에 검게 익은 열매가 빛을 낸다
　　송곳니 없이 뻗은 촘촘한 침입
　　봄장마에 숨 틔운 죽순 눈이 찔린다

　　천근성 대나무 뿌리가 울타리 넘는
　　마늘밭 시름 덜어 좋다는
　　그늘진 가슴이 웃는다

　　빛을 싫어하나 빛을 먹어야 사는 그림자 사랑

〉
맥문동 씨 한 알
인연 따라온
그림자가 빛을 만든다

— 「맥문동 씨 한 알」 전문

그늘과 그림자는 빛과 사물이 없으면 존재할 수 없다. 그늘은 빛의 방향과 바람 같은 조건에 따라 움직이지만, 그림자는 실체의 조건에 따라 고정되거나 공간을 이동할 수 있다. 그늘과 그림자는 스스로 움직일 수 없다. 그림자는 물체가 빛을 가리어 물체의 뒤에 나타나는 검은 형상이다. 이번 시집에서 그림자 이미지는 어두워진 마음의 자취나 흔적을 따라가면 앵무새가 되는 걸음마다 그림자를 늘이고(「툰드라 눈발 속」), 빚쟁이가 두려운 아비는 돌담에 그림자를 숨기고(「전기 나간 밤」), 아내 그림자 안고 홀로 걸어온 외길 십 년이 있고(「꿈틀대는 바다」), 오십 층 아파트 그림자 가물거리는 주차장에서 죽은 아가가 있고(「고층 아파트 −주차장 바닥에 안긴 아가」), 기다림에 마른 홀씨 된 그림자가 웃고(「도깨비 풀 사랑」) 있다. 이효순의 시에서 그늘과 그림자는 시적 주체의 '마음의 상태'를 대변하면서 개별적 존재로 독립하려는 고투의 기록이다. 그늘과 그림자는 현실 너머의 꿈과 "허구가 부르는 꿈"(「바닷속 물 꿈」), 그 꿈을 위해 반드시 극복해야 할 과제이다. 빛의 근원이나 빛이 될 수는 없지만, 그늘이나 그림자로 살기보다 실체가 되기를 원하기 때문이다.

직접 빛을 마주하는 본질/실체가 되기 위한 첫 번째는

"빛에는 그림자가 없다"는 자각이다. 두 번째는 "빛이 그림자를 만드는가"라는 의문/질문이다. 빛은 늘 존재하지만, 그림자는 그렇지 않다. 빛과 그림자 사이에 사물/대상이 놓여야만 가능하다. 그 사물이 '나'일 경우 그림자를 직시하는 일은 '자아'를 돌아보는 것이 되고, 문제의 원인과 결과도 '나'로 귀결된다. '나'가 아닌 '가족'이라면 '관계성'의 망網에 갇혀 그 상황을 쉽게 벗어나기 어렵다. 빛이 없다면 그림자도 없다. 따라서 빛이 있기에 그림자도 생겨난다. 빛과 그림자 사이의 사물/대상은 부차적인 문제가 된다. 이 시의 주체는 "왕대 숲 음지에 눈뜬 맥문동 씨 한 알"에 눈길이 머문다. "왕대 숲"의 음지에서 "보라색 꽃대"를 밀어 올리고 끝내 검은 열매를 맺은 맥문동에서 "빛"을 발견한다. 양지가 아닌 음지라 더 오래 시선이 머물렀을 것이다. "봄장마"에 왕대 숲은 죽순이 숨을 띄운다. 뿌리가 깊이 뻗어 들어가지 않고 지표면 근처에 얇게 분포하는 "대나무 뿌리"가 마늘밭 울타리를 넘는다. 경계를 넘는, "촘촘한 침입"에 음지의 삶은 속절없이 무너지고 만다. 시의 주체는 "맥문동 씨 한 알"에 자신을 투영한다. 음지-그늘-그림자로 이어지는 동안 시의 주체가 맥문동과 동일시되는데, 이 모든 상황은 "인연"에 의해 생겨난다. "그림자가 빛을 만든다"는 빛을 마주하는 실체를 넘어 객체가 아닌 삶의 주체가 될 것이라는 선언과 다름없다.

　　스치는 옷깃마다 슬그머니
　　수작이다

〉

바느질하다가 살 찌르는 통증
살펴보니 도깨비풀 가시다

바람 일면 같이 흔들린다
떨치려고 하면 더 붙어 신이 난다
핏기 못 담은 얼굴이
몸 잃고 혼만 남아 붙임살이로 산다

도깨비바늘 한 올 한 올 뽑으니
기다림에 마른 홀씨 된 그림자가 웃는다

도깨비 풀 같은 사랑
스치는 옷깃마다 원 없이 찔리며
겨울 햇살 보듬고 살고 싶단다

－「도깨비풀 사랑」 전문

　이효순 시인에게 사랑은 '빛'으로 인식되지만, 주체적 존
재로 사랑을 받는 것이 아닌 "그림자 사랑"법이다. 그림자
는 빛이 있어야만 생겨나는 의존적 존재이다. 빛은 밝음과
긍정을, 그림자는 어둠과 부정을 뜻한다. "그림자 사랑"이
라는 말에는 '몰래'와 '숨어서' 하는 사랑이라는 의미가 포
함되어 있다. 하지만 시 「맥문동 씨 한 알」에서는 "빛을 싫
어하나 빛을 먹어야 사는"이라는 전제조건이 붙어 있다.
그림자는 빛에 의존하는 사랑이지만, 빛에 얽매이지는 않

는다. 빛을 "싫어"하지만, 빛을 떠나서는 살 수 없는 환경이기에 어쩔 수 없이 빛의 그림자로 산다는 것이다. 음지의 '맥문동 씨 한 알'이 빛이 있어야 살 수 있듯이, 시의 주체도 빛과 같은 존재가 없으면 홀로 설 수 없다. 이런 현실을 직시하기 때문에 싫어하지만, 빛의 곁을 떠날 수 없다는 것이다.

이는 시 「도깨비풀 사랑」에서도 확인할 수 있다. 국화과의 한해살이풀인 도깨비풀은 도꼬마리, 도깨비바늘의 방언이고, 도깨비는 귀매鬼魅의 뜻이 아니라 가시의 어원이다. 즉 가시처럼 뾰족하게 생긴 풀이라는 말이다. 이 시는 사람의 옷에 붙어 이동하는 도깨비풀의 의존성을 통해 사랑론을 설파하고 있다. 도깨비풀이 자란 길을 걷고 있던 시의 주체는 "살을 찌르는 통증"에 "살펴보니 도깨비풀 가시"가 찌르고 있다. "슬그머니/ 수작"을 부려보지만, 이를 눈치채지 못하자 바늘로 살을 찌르는 듯한 통증으로 존재를, 사랑을 과시한다. 진정한 사랑은 쌍방의 합의지만, 도깨비바늘의 사랑은 일방적이면서 상대에 대한 가학을 유발한다. "떨치려고 하면" 할수록 더 달라붙어 상황을 즐긴다. 여기에 독립을 포기하고 의존하는 '비정상의 정상' 같은 사랑 방식이다. 시의 주체는 몸에 붙은 도깨비풀을 "한 올 한 올" 떼어냄으로써 의존적인 삶과 사랑에서 벗어나려는 의지를 표출한다. 한데 마지막에서 '도깨비풀의 사랑'이 아닌 "도깨비풀 같은 사랑", '찌르며'가 아닌 "찔리며"라고 하여 문장상 주체와 객체가 전도되면서 앞서 의지 표출의 이전 상태로 되돌아가는 결과로 이어진다. 이효순 시의 모호성과 애매성을 이 시에서도 엿볼 수 있는 것이다. 주체와 객체의 전도, 모호성과 애매성 이전에 도깨비바늘을 "한 올 한 올" 뽑던 시의 주체의 심경 변화가 행간에 녹아 있다. "마른 홀씨"가 되기 위해 기다린 도깨비풀의 사랑, 본체에서 떨어져 나와 지나가는 몸(옷)에 달라붙는 "그림자" 같은 사랑에서 시의 주체는 자신의 모습을 본다. 웃는 주체인 "그림자"는 도깨비바늘이면서 시의 주체와 동일시된다. 그림자로 하나가 되었기 때문에 마지막 연에서 주체와 객체가 서로 바뀔 수 있으며, 모호성과 애매성이 생겨날 수 있는 것이다.

화학 공장 염료에 찌든 남편은 씨를 버렸다
봉래산 삼 년 기도가 물거품인
시어머니 치마폭에 담기는 가슴은 늘 살얼음
일곱 해 자식 없어 사랑 잃은 몸이
배추 포기로 숨길을 연다

청천강 강물에 머리 풀고
진종일 말린 바람 심은
모종이 삼 세 번에 겨우 얼굴을 보인다
여름 끝 입동에서야
걸음마를 배우는 시험관 아기
지구 온난화를 탓했다

— 「닫힌 문」 부분

일회용 젖은 물수건이 머리맡을 지킨다
콧줄로 흔들리는 목숨
흔적을 감출까
젖은 달빛이 아흔여섯 뒷모습에 흔들린다

바스러질 사랑끼리
붙잡은 침묵
적요가 어둠 속에 고개를 든다

-「젖은 눈」 부분

"몸 잃고 혼만 남아 붙임살이로 산다"는 시인의 '사랑법'
과 '자아 찾기'를 잘 표현한 문장이다. 본체에서 떨어져 나
와 핏기없는 얼굴로 산다고 해서, 남에게 의지하는 삶이라
해서 "혼"마저 빼앗긴 것은 아니다. 시인은 "붙임살이"라
는 사전에 없는, 새로운 시어를 통해 "일곱 해 자식 없어
사랑 잃은 몸"의 설움을 극대화한다. 그런 의미에서 "붙임
살이"를 '시집살이'로 바꿔 읽어도 의미가 달라지지는 않는
다. 아이를 갖지 못하는 원인이 "화학 공장"에 다닌 남편에
게 있지만, 시어머니의 혹독한 시집살이에 삶은 늘 살얼음
위를 걷는 듯하다. 다 포기한 채 살고 싶었지만, 대를 이어
야 한다는 강박에 결국 "시험관 아기" 시술을 시도한다.
"고추 당초" 맵다지만, 시집살이만 못 하다 했다. 세월이
흘러 시어머니와 김장을 하면서 닫힌 문이, 맺힌 것이 다
풀어진다. 시 「젖은 눈」에서는 "아흔여섯"의 부모 중 한 분
(어쩌면 시어머니)이 "기억을 잃고", "콧줄"을 한 채 입원해 있

다. 어둠 속의 침묵에 사랑은 금방이라도 "바스러질" 듯하다. 시인에게 사랑은 시집살이의 다른 말로, 언제 바스러져도 이상하지 않은 만큼 위태롭기만 하다. 하지만 "바스러질 사랑"도 "귓바퀴 두껍게"(「귀머거리 벚꽃 잔치」) 살다 보면, "그 남자 그 여자 껍질 벗는 소리에/ 화들짝 꽃망울 터뜨"(「꽃, 껍질을 벗다」)리기도 한다. "지나간 시간도 다가오는 시간도"(「손주」) 손주의 사랑에 다 녹아내린다. 세월이 흐르면 슬픔도, 기쁨도 다 과거가 된다. 시인은 자신만의 방식으로 삶의 애증이 녹아 있는 사랑을 고요히 분출한다.

외진 작은 책꽂이에 이름을 꽂는다

우편으로 나가지 못한 시집
편마다 몸이 기억하며 그린 언어들
동행하는 발자국이 탯줄로 감긴 상자를 뜯고
숨은 얼굴에 햇볕을 쪼인다

동해남부선 선로 없는 길가
망초꽃 흐드러진 메밀 국숫집
낯선 책꽂이에 앉아도 되는지
금박 빛나는 덩치 사이 잊혀진 몸매가
눈치를 본다
딸깍발이 발자국은 아우성이다
읽혀지지 못해도 좋으니
고개 숙이는 일은 그만

〉

　　혼자 가는 먼 길

　　비에 젖지 않는다

– 「먼 길을 가다」 전문

　시인의 가슴에는 "수목장 시인으로 노래하고 싶은"(이하
「나의 사랑은」) 뜨거운 피가 흐른다. "나이테", 즉 나이를 잊고
"화약"처럼 시에 대한 욕망을 폭발시켜 사후에도 명성을
이어가고 싶은 열정이 용솟음친다. 시에 대한 사랑, 그것
만이 시인에게 남아 있는 진정한 '사랑'이다. 현재 시인의
앞에는 "혼자 가는 먼 길"이 놓여 있다. 누가 대신 가줄 수
없는 시인의 길은 가다가 멈출 수 없는, 고독한 "먼 길"이
다. 평생 시를 쓰고, 살아서도 죽어서도 작품을 남기는 고
귀한 '시인의 길'. 마음보다 "몸이 (먼저) 기억"해 쓴 시지만,
시를 쓰면 쓸수록 "금박 빛나는 덩치 사이"에서 왠지 주눅
들고, 눈치를 보게 된다. 하지만 낯선 공간과 애틋한 장소
에서 열정으로 시를 쓰고 있는 지금은 사정이 많이 달라졌
다. "비에 젖지 않"고 남은 길을 당당하게 갈 수 있는, 시의
"폭발음"을 낸 시집이 "낯선 책꽂이"에 꽂히고 싶은 속내를
숨기지 않는다. 그만큼 자신감이 붙었다는 말이다. 시인은
"외진 작은 책꽂이에 이름을 꽂는" 행위를 통해 자아도, 시
적 성취도 이루려 하는 것이다. 시를 통해 '나'를 찾고 "오
래오래 반짝"(「홀로 가는 나무」)이고 싶어하는 것이다.